Calendrier 2022…

…du cheval Nestor (1802-1815)

© 2021 Micheline Cumant
Édition : BoD – Books on Demand,
12/14 rond-point des Champs-Élysées, 75008 Paris
Impression : BoD - Books on Demand, Norderstedt, Allemagne
Dépôt légal : Novembre 2021
ISBN : 9782322400614

Micheline Cumant

LE CALENDRIER 2022 DE NESTOR
Simple cheval dans la Grande Armée

« Et nous, les petits, les obscurs, les sans-grades,
Nous qui marchions fourbus, blessés, crottés, malades,
Sans espoir de duchés ni de dotations,
Nous qui marchions toujours et jamais n'avancions… »

Edmond Rostand, *« L'Aiglon »*
Acte 2 scène 8 (1900)

Dans les armées de l'Empire, il y avait les hommes, mais il y avait les chevaux. Eux qui, pendant des siècles, ont porté les hommes, transporté les marchandises, les armes, servi sans qu'on leur demande leur avis, ne sont-ils pas aussi des « obscurs et sans-grades » ?

Nestor, lui, a suivi avec son cavalier, simple soldat illettré, arraché à sa ferme natale, les campagnes napoléoniennes d'Iéna à Waterloo. Et il s'en est passé des choses ! Des batailles, mais aussi des rencontres, des anecdotes… Car les chevaux, comme les hommes, ne pensent pas qu'à la politique, mais à leur picotin, à leurs amis. Et souvent, ils se montrent plus philosophes que leurs cavaliers…

Ce calendrier vous montrera les principaux événements auxquels Nestor a assisté. Pour tout savoir… lire le livre !

Vacances Scolaires 2021-2022 :

ZONES	ZONE A	ZONE B	ZONE C
Vacances de Noël 2021-22	Du Samedi 18 décembre 2021 au soir au **Lundi** 3 janvier 2022 au matin		
Vacances Hiver 2022	Du 12 février au 28 février	Du 5 février au 21 février	Du 19 février au 7 mars
Vacances Printemps 2022	Du 16 avril au 2 mai	Du 9 avril au 25 avril	Du 23 avril au 9 mai
Pont de l'Ascension	Du 25 au 30 mai		
Vacances d'été 2022	Du 7 juillet au 1er septembre		
Vacances de Toussaint 2022	Du 22 octobre au 7 novembre		
Vacances de Noël 2022-23	Du 17 décembre au 3 janvier		

Zone A : académies de Besançon, Bordeaux, Clermont-Ferrand, Dijon, Grenoble, Limoges, Lyon, Poitiers.
Zone B : académies de Aix-Marseille, Amiens, Caen, Lille, Nancy-Metz, Nantes, Nice, Orléans-Tours, Reims, Rennes, Rouen, Strasbourg.
Zone C : académies de Créteil, Montpellier, Paris, Toulouse, Versailles.

Phases de la lune 2021 :   ● nouvelle lune   ☽ premier quartier
   ○ pleine lune   ☾ dernier quartier

Signes du zodiaque : Bélier : ♈ (21/3-28/4)   Balance : ♎ (23/9-22/10)
Taureau : ♉ (21/4-20/5)   Scorpion : ♏ (23/10-21/11)
Gémeaux : ♊ (21/5-21/6)   Sagittaire : ♐ (22/11-20/12)
Cancer : ♋ (22/6-22/7)   Capricorne : ♑ (21/12-19/1)
Lion : ♌ (23/7-22/8)   Verseau : ♒ (20/1-18/2)
Vierge : ♍ (23/8-22/9)   Poissons : ♓ (19/2-20/3)

Bonjour !
Je m'appelle Nestor, et je suis un cheval. Mais pas n'importe lequel !
Je suis né en 1802 (tiens, comme un certain Victor Hugo, vous connaissez ?) et, à l'âge de quatre ans, je fus enrôlé dans l'armée impériale.
Avec mon cavalier et ami, le simple soldat Henri Fourneau (un compatriote, auvergnat comme moi), nous avons suivi l'Empereur Napoléon 1er dans ses campagnes. Je fis mes débuts à Iéna, en octobre 1806, nous avons combattu en Prusse, en Pologne, puis avons été envoyés en Espagne. Ensuite, ce fut l'Autriche, puis la Russie. Henri a été réformé, mais il n'a pu supporter de retourner au pays où il n'avait plus personne. Alors, nous avons repris du service et ce fut la campagne de France.
Mais l'Empereur a été vaincu ! Et à Fontainebleau, il a dit adieu à ses soldats avant de partir en exil. Et puis, il est revenu, nous avons foncé à sa rencontre et tout a recommencé comme avant, pendant cent jours… Jusqu'à ce 18 juin 1815 à Waterloo…

Cela s'est passé en janvier...

★ **18 janvier 1800 :** Le Consulat crée la Banque de France.

★ **26 janvier 1802 :** Napoléon Bonaparte se fait proclamer président de la *République Italienne*, qui succède ainsi à la *République Cisalpine* créée en 1797. Après le sacre de Napoléon 1er en 1802, elle deviendra *Royaume d'Italie,* jusqu'en 1814.

Napoléon Bonaparte franchissant les Alpes, par David.
(Image de WikiImages de Pixabay)

★ **1er janvier 1806 :** Retour officiel au calendrier grégorien, fin du calendrier révolutionnaire.

★ **8 janvier 1812 :** Capitulation de Valence, bombardée par les troupes de Suchet. Peu après, Nestor rentre en France avec son régiment pour préparer la campagne de Russie. Mais, près de Clamecy, Nestor est blessé par un clou et Henri reste avec lui chez un fermier pour le soigner. Il s'éprend d'Adrienne, la fille du fermier. Mais il doit repartir pour l'Allemagne, l'armée va combattre la Russie.

JANVIER 2022

LUNDI	MARDI	MERCREDI	JEUDI	VENDREDI	SAMEDI	DIMANCHE
27	28	29	30	31	**1** Jour de l'An ★	**2** Épiphanie ●
3 Geneviève	4 Odilon	5 Édouard	6 Mélaine	7 Raymond	8 Lucien ★	9 Alix ◐
10 Guillaume	11 Pauline	12 Tatiana	13 Yvette	14 Nina	15 Rémi	16 Marcel
17 Roseline	18 Prisca ★ ○	19 Marius	20 Sébastien ≈	21 Agnès	22 Vincent	23 Barnard
24 François de Sales	25 Conversion de Paul ◐	26 Paule ★	27 Angèle	28 Thomas d'Aquin	29 Gildas	30 Martine
31 Marcelle						

Cela s'est passé en février…

★ **8 février 1807** : Bataille d'Eylau. Nestor et ses amis chargent, sous les ordres du Maréchal Bessières. La lutte est dure, les pertes importantes. *« Quelle maudite chose que la guerre ! »*, dit le chirurgien de l'armée Percy. Et un sous-officier fera cette réflexion : *« Ce n'est pas une page d'histoire à écrire ! »*
Parmi les officiers, il y avait le capitaine Louis-Joseph Hugo (1777-1853), oncle de Victor Hugo, qui fit cette réflexion : *« J'espère pouvoir raconter cela un jour à mes enfants et à mon neveu, Victor… »* Le poète lui consacra *« Le cimetière d'Eylau »*, dans *« La Légende des Siècles »* :

> *« Napoléon passa, sa lorgnette à la main.*
> *Les grenadiers disaient : ce sera pour demain.*
> *(…) Le soir on fit les feux, et le colonel vint,*
> *Il dit : — Hugo ? — Présent. — Combien d'hommes ? — Cent-vingt.*
> *— Bien. Prenez avec vous la compagnie entière,*
> *Et faites-vous tuer. — Où ? — Dans le cimetière.*
> *Et je lui répondis : — C'est en effet l'endroit. »*

★ **28 février 1813** : Frédéric-Guillaume de Prusse signe un traité d'alliance avec le tsar Alexandre 1er. Fin février 1813, Henri fait une chute de cheval et se casse une jambe. Il profite de son inaction pour apprendre à lire. Il est réformé, mais reprendra du service.

★ **11 février 1814** : C'est la campagne de France, les Russes et les Prussiens sont battus à Montmirail, le 12 février à Château-Thierry, mais l'armée s'essouffle. *« Notre Corse d'empereur a beau être quelqu'un, il a été trop loin »*, dit Mazet.

FÉVRIER 2022

LUNDI	MARDI	MERCREDI	JEUDI	VENDREDI	SAMEDI	DIMANCHE
13	1 Ella	2 Présentation de Jésus ●	3 Blaise	4 Véronique	5 Agathe	6 Gaston
7 Eugénie	8 Jacqueline ★ ◐	9 Apolline	10 Arnaud	11 Notre-Dame de Lourdes ★	12 Félix	13 Béatrice
14 Valentin	15 Claude	16 Julienne ○	17 Alexis	18 Bernadette	19 Gabin ♓	20 Aimée
21 Damien	22 Isabelle	23 Lazare ◐	24 Modeste	25 Roméo	26 Nestor	27 Honorine
28 Romain ★						

Cela s'est passé en Mars…

★ **21 mars 1804** : Napoléon Bonaparte, Premier Consul, promulgue le Code Civil, appelé « Code Napoléon » en 1807. Il fut rédigé sous la direction de Jean-Jacques François Régis de Cambacérès.

★ **1er mars 1815** : Napoléon quitte l'île d'Elbe et débarque à Golfe Juan. Il arrive à Paris le 19 mars, Louis XVIII et sa cour partent pour la Belgique. Ce sont les *Cent-Jours* (jusqu'à Waterloo en juin 1815).

« Le 19 mars, nous étions à Fontainebleau, et nous apprîmes que le Roi Louis XVIII venait de partir pour Saint-Denis et Beauvais. Le 20, nous entrions aux Tuileries, sous les acclamations des demi-soldes qui portèrent les généraux en triomphe » Mais un garde tempère cet enthousiasme : *« Pourvu que notre pays soit rien qu'un peu préservé des malheurs que va amener le retour de l'Aigle ! »*

Portoferraio, île d'Elbe (Italie, Toscane)
(Image par Rhodan59 de Pixabay)

MARS
2022

LUNDI	MARDI	MERCREDI	JEUDI	VENDREDI	SAMEDI	DIMANCHE
28	1 Aubin ★	2 Charles Le Bon ●	3 Guénolé	4 Casimir	5 Olive	6 Colette
7 Félicité	8 Jean de Dieu	9 Françoise	10 Vivien ◐	11 Rosine	12 Justine	13 Rodrigue
14 Mathilde	15 Louise	16 Bénédicte	17 Patrice	18 Cyrille ○	19 Joseph	20 Alexandra PRINTEMPS
21 Clémence ★	22 Léa	23 Victorien	24 Catherine de Suède	25 Annonci- ation ◑	26 Larissa	27 Habib
28 Gontran	29 Gwladys	30 Amédée	31 Benjamin			

Cela s'est passé en avril...

★ **11 avril 1814 :** Traité de Fontainebleau, par lequel Napoléon signe son abdication, et part pour l'Île d'Elbe en tant que souverain de cet endroit le 20 avril. Il en partira le 26 février 1815 pour reprendre le pouvoir. Ce seront les *Cent Jours*.

À Fontainebleau, Nestor revoit son compatriote Cantal, le cheval préféré de l'Empereur, avec Marengo.

« *Le 20 avril, Napoléon réunit sa garde et leur fit ses adieux. Ses paroles arrachèrent des larmes aux plus endurcis des membres de la vieille garde.* »

Château de Fontainebleau.
(Image par Jacky Delville de Pixabay)

AVRIL 2022

LUNDI	MARDI	MERCREDI	JEUDI	VENDREDI	SAMEDI	DIMANCHE
28	29	30	30	1 Hugues ●	2 Sandrine	3 Richard
4 Isidore	5 Irène	6 Marcellin	7 Jean-Baptiste de la Salle	8 Julie	9 Gautier ◐	10 Fulbert
11 Stanislas ★	12 Jules	13 Ida	14 Maxime	15 Paterne	16 Benoît-Joseph ○	17 Pâques
18 Lundi de Pâques	19 Emma	20 Odette	21 Anselme ♉	22 Alexandre	23 Georges ◐	24 Fidèle
25 Marc	26 Alida	27 Zita	28 Valérie	29 Catherine de Sienne	30 Robert ●	

Cela s'est passé en mai…

★ **15 mai 1779 :** Le jeune Napoléon Bonaparte, âgé de 10 ans, arrive à l'école militaire de Brienne. Il y restera 5 ans. En 1785, il sera reçu sous-lieutenant d'artillerie.

★ **4 mai 1810 :** Naissance d'Alexandre Florian Jozef Walewski (1810-1868), fils naturel de Napoléon et de Maria Walewska. Il quittera la Pologne pour la France et sera militaire, diplomate, ministre et sénateur sous Napoléon III.

★ **5 mai 1821 :** Mort de Napoléon à Sainte-Hélène.

MAI
2022

LUNDI	MARDI	MERCREDI	JEUDI	VENDREDI	SAMEDI	DIMANCHE
25	26	27	28	29	30	1 **Fête du Travail**
2 Boris	3 Philippe et Jacques	4 Sylvain ★	5 Judith ★	6 Prudence	7 Gisèle	8 **Victoire 1945**
9 Pacôme ◐	10 Solange	11 Estelle	12 Achille	13 Rolande	14 Matthias	15 Denise ★
16 Honoré ○	17 Pascal	18 Éric	19 Yves	20 Bernardin	21 Constantin ♊	22 Émile ◐
23 Didier	24 Donatien	25 Sophie	26 **Ascension**	27 Augustin	28 Germain	29 Ferdinand FÊTE DES MÈRES
30 Ferdinand ●	31 Visitation					

Cela s'est passé en juin...

★ **14 juin 1807** : Nestor et son régiment arrivent à Friedland, la Grande Armée vainc les Russes et les Prussiens. Le régiment de Nestor met en fuite un groupe de cosaques. L'offensive est suspendue en attendant le Traité de Tilsitt en juillet. L'Empereur passe les troupes en revue, et Nestor a la surprise de le voir monter un de ses camarades, un cheval auvergnat baptisé Cantal.

★ **4 juin 1808** : Joseph Bonaparte devient officiellement roi d'Espagne, le roi Charles IV et son fils Ferdinand ayant abdiqué à Bayonne. Il le restera jusqu'au 11 décembre 1813.

★ **21 juin 1813** : Bataille de Vitoria (Pays basque espagnol), les Français sont battus par une armée anglo-hispano-portugaise, commandée par Wellington.

★ **18 juin 1815** : Bataille de Waterloo, Napoléon est vaincu par la coalition des alliés (anglais, allemands, néerlandais, prussiens) commandée par Wellington.

Butte de Waterloo
(Photo par alannascanlon de Pixabay)

À noter : le cheval que montait Napoléon à Waterloo, Marengo, fut capturé par les Anglais et vécut jusqu'à l'âge de 38 ans dans une ferme (pur-sang arabe entier, il eut des descendants). Son squelette est exposé au musée national de l'académie militaire de Sandhurst à Chelsea.

JUIN 2022

LUNDI	MARDI	MERCREDI	JEUDI	VENDREDI	SAMEDI	DIMANCHE
30	31	1 Justin	2 Blandine	3 Kévin	4 Clothilde ★	5 Pentecôte
6 Lundi de Pentecôte	7 Gilbert ◐	8 Médard	9 Diane	10 Landry	11 Barnabé	12 Guy
13 Antoine de Padoue	14 Élisée ★ ○	15 Germaine	16 Jean-François Régis	17 Hervé	18 Léonce ★	19 FÊTE DES PÈRES
20 Silvère	21 Rodolphe ÉTÉ ★ ◐	22 Alban ♋	23 Audrey	24 Jean-Baptiste	25 Prosper	26 Anthelme
27 Fernand	28 Irénée	29 Pierre-Paul ●	30 Martial			

Cela s'est passé en juillet…

★ **21 juillet 1798 :** Bataille des Pyramides, Napoléon défait les Mamelouks. C'est le fameux *« Du haut de ces pyramides, quarante siècles vous contemplent ! »*

★ **7 au 9 juillet 1807 :** Traités de Tilsitt, faisant suite à la bataille de Friedland, signé par Napoléon 1er avec le Tsar Alexandre 1er, puis avec le Roi de Prusse Frédéric-Guillaume III.

★ **5 juillet 1809 :** Bataille de Wagram. Les Français remportent la victoire, mais au prix de lourdes pertes. Nestor et son régiment peuvent ensuite se reposer, et notre ami rencontre à nouveau l'Empereur, qui monte son compatriote Cantal.

« Je ne contemplai pas l'homme bien longtemps, car son cheval m'intéressait davantage. Quelle ne fut pas ma surprise de reconnaître Cantal, un ancien ami de la ferme, qui avait très belle allure, comme il sied à la monture d'un Empereur »

JUILLET 2022

LUNDI	MARDI	MERCREDI	JEUDI	VENDREDI	SAMEDI	DIMANCHE
28	28	29	30	1 Thierry	2 Martinien	3 Thomas
4 Florent	5 Antoine ★	6 Mariette	7 Raoul ★ ◐	8 Thibault	9 Amandine	10 Ulrich
11 Benoît	12 Olivier	13 Henri et Joël ○	14 **Fête Nationale**	15 Donald	16 Notre-Dame Du Mont-Carmel	17 Charlotte
18 Frédéric	19 Arsène	20 Marina ◐	21 Victor ★	22 Marie-Madeleine	23 Brigitte ♌	24 Christine
25 Jacques	26 Anne et Joachim	27 Nathalie	28 Samson ●	29 Marthe	30 Juliette	31 Ignace de Loyola

Cela s'est passé en août…

★ **15 août 1769 :** Naissance de Napoléon Bonaparte à Ajaccio.

★ **16 août 1809 :** Nestor entre en Espagne. Son cavalier Henri est au service du capitaine de dragons Germot, qui possède deux chevaux : Ariane et Hercule.

« Ce fut une guerre d'embuscade, de traîtrise, les partisans se cachaient dans les rochers des sierras, et ces troupes de bandits étaient souvent dirigées par des moines, ascétiques, fanatiques et cruels comme ceux de l'Inquisition dont ils avaient hérité les méthodes »

★ **17 août 1812 :** Le régiment de Nestor, commandé par Murat, franchit le Dniepr. Smolensk est pris, mais les Russes ont incendié la ville.

AOÛT 2022

Blason d'Ajaccio

LUNDI	MARDI	MERCREDI	JEUDI	VENDRE-DI	SAMEDI	DIMANCHE
1 Alphonse	2 Julien Eymard	3 Lydie	4 Jean-Marie Vianney	5 Abel ◐	6 Transfiguration	7 Gaétan
8 Dominique	9 Amour	10 Laurent	11 Claire	12 Clarisse ○	13 Hippolyte	14 Evrard
15 **Assomp-tion** ★	16 Armel ★	17 Hyacinthe ★	18 Hélène	19 Jean Eudes ◐	20 Bernard	21 Christophe
22 Fabrice	23 Rose de Lima ♍	24 Barthélémy	25 Louis	26 Natacha	27 Monique ●	28 Augustin
29 Sabine	30 Fiacre	31 Aristide				

Cela s'est passé en septembre…

★ **1er septembre 1806 :** Nestor et son régiment arrivent à Cologne. C'est le début de la campagne de Prusse. Il fait alors connaissance avec son cavalier, le seconde classe Henri Fourneau, auvergnat comme lui, paysan, un garçon intelligent, mais illettré.

★ **7 septembre 1812 :** Bataille de la Moskova, contre les Russes du Tsar Alexandre 1er et du Maréchal Koutouzov. Le régiment de Nestor est commandé par Murat, dont les charges de cavalerie emportent la victoire, mais au prix de lourdes pertes.

« *Murat, chamarré selon son habitude comme un suisse de cathédrale, mais qui savait faire manœuvrer les unités de cavalerie comme un seul homme…* »

★ **14 septembre 1812 :** L'armée arrive en vue de Moscou. Mais le Comte Rostopchine ordonne d'incendier la plus grande partie de la ville.

Noter : le Comte Fédor Rostopchine [1763-1826] eut une fille prénommée Sophie [1799-1874], qui devint la Comtesse de Ségur, célèbre femme de lettres française.

SEPTEMBRE 2022

Moscou-Cathédrale Saint Basile

LUNDI	MARDI	MERCREDI	JEUDI	VENDREDI	SAMEDI	DIMANCHE
29	30	31	1 Gilles ★	2 Ingrid	3 Grégoire ☾	4 Rosalie
5 Raïssa	6 Bertrand	7 Reine ★	8 Nativité de Notre-Dame	9 Alain	10 Inès ○	11 Adelphe
12 Apollinaire	13 Aimé	14 Croix Glorieuse ★	15 Roland	16 Edith	17 Renaud ☽	18 Nadège
19 Émilie	20 Davy	21 Matthieu	22 Maurice	23 **AUTOMNE** Ω	24 Thècle	25 Hermann ●
26 Côme et Damien	27 Vincent de Paul	28 Venceslas	29 Michel	30 Jérôme		

Cela s'est passé en octobre…

★ **5 octobre 1793 :** Instauration du Calendrier Républicain.

★ **17 octobre 1805 :** Bataille d'Ulm, les Autrichiens se rendent très vite.

★ **21 octobre 1805 :** Bataille de Trafalgar au large de Cadix. L'amiral Nelson défait la flotte française.

★ **14 octobre 1806 :** Bataille d'Auerstadt, le Maréchal Davout vainc les Prussiens. Le même jour, Napoléon les vainc à Iéna. C'est la première grande bataille à laquelle participe Nestor.

« Il n'était pas aimé dans l'armée, le maréchal Davout, car nulle carrière militaire n'offrait, plus que la sienne, l'image d'une plus parfaite incohérence. (…) 'Il a pensé à tout', disaient de lui les officiers qui n'aimaient pas les opportunistes, ou tout simplement étaient jaloux ».

★ **23 octobre 1812 :** Coup d'État du Général Malet. Interné pour conspiration, il s'évade et, dans le but d'abolir l'Empire, présente à la caserne Popincourt de la garde de Paris un faux *Senatus Consulte* annonçant la mort de l'Empereur en Russie, le 7 octobre. Mais le colonel Doucet avait eu connaissance d'un envoi de courrier postérieur de Napoléon. Malet est arrêté et exécuté avec ses complices.

Statue de Napoléon à Rouen
(Photo de Pierre Thiry)

OCTOBRE
2022

LUNDI	MARDI	MERCREDI	JEUDI	VENDREDI	SAMEDI	DIMANCHE
26	27	28	29	30	1 Thérèse de l'Enfant Jésus	2 Léger
3 Gérard ◐	4 François d'Assise	5 Fleur ★	6 Bruno	7 Serge	8 Pélagie	9 Denis ○
10 Ghislain	11 Firmin	12 Wilfried	13 Géraud	14 Juste ★	15 Thérèse d'Avila	16 Edwige
17 Baudoin ★ ◐	18 Luc	19 René	20 Adeline	21 Céline ★	22 Élodie	23 Jean de Capistran ★ ♏
24 Florentin	25 Crépin ●	26 Dimitri	27 Emeline	28 Jude	29 Narcisse	30 Bienvenue
31 Quentin						

Cela s'est passé en novembre…

★ **9 novembre 1799** : Coup d'État du 18 Brumaire an VIII, préparé par Sieyès et réalisé par Napoléon Bonaparte, qui se déroula au château de Saint Cloud. Le Consulat est mis en place, avec pour consuls Cambacérès, Lebrun et Bonaparte.

★ **27-29 novembre 1812** : Bataille de la Bérézina, déroute des Français devant les Russes de Koutouzov, Tchitchagov et Wittgenstein.

L'armée française parvient à franchir le fleuve, mais doit faire retraite.

« Nous arrivions devant la Bérézina. Comment nous pûmes traverser, je me le demande, je ne savais plus sur quoi je marchais (…) "Ils passent !" Entendis-je le commandant crier. Je repris pied sur la rive… »

NOVEMBRE 2022

LUNDI	MARDI	MERCREDI	JEUDI	VENDREDI	SAMEDI	DIMANCHE
31	1 **Toussaint** ◐	2 Jour des défunts	3 Hubert	4 Charles	5 Sylvie	6 Bertille
7 Carine	8 Geoffroy ○	9 Théodore ★	10 Léon	11 **Armistice de 1918**	12 Christian	13 Brice
14 Sidoine	15 Albert	16 Marguerite ◐	17 Élisabeth	18 Aude	19 Tanguy	20 Edmond
21 Présentation de Marie	22 Cécile ♐	23 Clément ●	24 Flora	25 Catherine	26 Delphine	27 Séverin ★
28 Jacques de la Marche ★	29 Saturnin ★	30 André ◐				

Cela s'est passé en décembre…

★ **2 décembre 1804 :** Sacre de l'Empereur Napoléon 1er à Notre-Dame de Paris.

Sacre de Napoléon, par Louis David
Image de user1469083764 de Pixabay

★ **2 décembre 1805 :** Victoire de Napoléon à Austerlitz contre les troupes russes et autrichiennes.

★ **24 décembre 1806 :** Nestor et son régiment sont en Pologne, c'est la bataille de Pułtusk, dirigée par le général Lannes, qui bat les régiments russes.

★ **5 décembre 1813 :** Henri, qui a repris du service, arrive avec Nestor à Mayence où il retrouve le lieutenant-colonel Germot et le lieutenant Mazet qui lui raconte la lourde défaite subie à Leipzig en octobre : « *Nous étions battus, et même, j'ai failli me noyer dans l'Elster, comme le maréchal Poniatowski. Mais, par chance, mon cheval nageait mieux que le sien, et, du coup, j'ai gagné la croix* »

Décembre 2022

LUNDI	MARDI	MERCREDI	JEUDI	VENDREDI	SAMEDI	DIMANCHE
28	29	30	1 Florence	2 Viviane ★★	3 François Xavier	4 Barbara
5 Gérald ★	6 Nicolas	7 Ambroise	8 Immaculée Conception ○	9 Pierre Fourier	10 Romaric	11 Daniel
12 Jeanne de Chantal	13 Lucie	14 Odile	15 Ninon	16 Alice ◐	17 Gaël	18 Gatien
19 Urbain	20 Théophile	21 Pierre ♑	22 Françoise Xavière	23 Armand ●	24 Adèle ★	25 Noël
26 Étienne	27 Jean	28 Innocents	29 David	30 Roger ◐	31 Sylvestre	

Tous les événements évoqués ici sont relatés dans cet ouvrage :

« Nestor, un cheval dans la Grande Armée »
par Micheline Cumant
Aux éditions Books On Demand. 260 pages, juillet 2017.

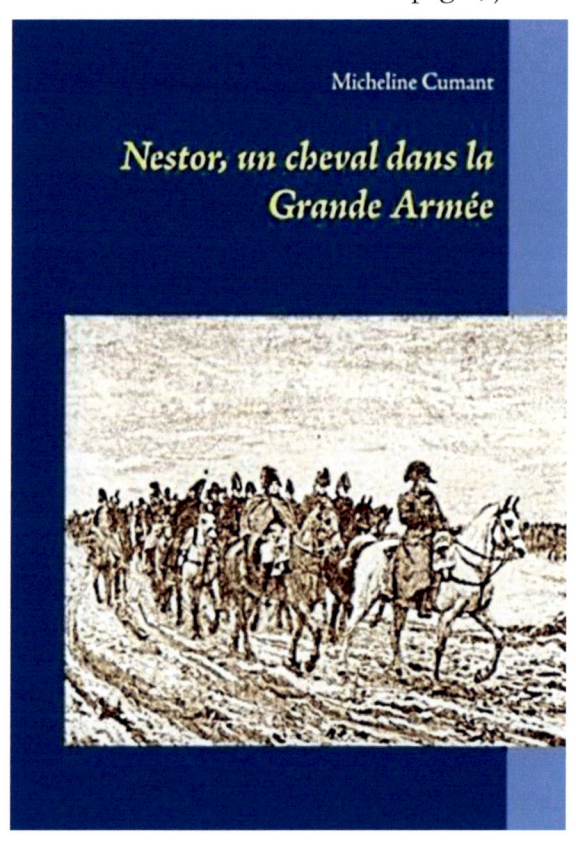

Autres Ouvrages de Micheline Cumant :

- *Monsieur Barbotin, Maître en Musique – Ou les tribulations d'un génie méconnu.*

Sous le règle de Louis XV, naît un garçon nommé Barbotin, enfant gâté par ses parents et qui rêve de gloire : musique, théâtre, opéra, rien ne résiste à sa veine créatrice … sauf les musiciens et le public ! Se prenant pour un génie méconnu, il parvient à la célébrité … comme dindon de la farce ! Ses prétentions le font choisir comme cible de plaisanteries, et aussi de mises en scène, d'un groupe de pseudo-amis qui ne reculent devant rien pour se distraire aux dépens du malheureux musicien.
168 pages, BoD, décembre 2012.

- *Le Réveillon de Socrate.*

Dans un petit immeuble parisien vivent des professeurs, un écrivain, un homme d'affaires, un étudiant, une retraitée, un officier de police, des commerçants et la gardienne qui connait tout le monde et voit tout. Mais, un beau jour, un crime est commis dans la maison. Et il y a Socrate, le chat de la narratrice, qui a tout entendu … C'est évident, les chats savent toujours tout !
148 pages, BoD, avril 2013, 2/août 2018.

- *Je m'ennuie…*

S'ennuyer … concerne tout le monde et toutes les époques ! Que l'on soit une artiste peintre, une comptable, un chevalier du Moyen-âge, la Comtesse du Barry, une vache, un soldat en 1940 ou la Tour Eiffel, nous sommes tous confrontés à ce vilain parasite que constitue l'ennui. Cette série de nouvelles décrit des personnages qui ont tous en commun de s'ennuyer dans une vie monotone et grise et que cet ennui pousse à agir d'une façon … logique ou non, selon les circonstances personnelles et historiques. Même les vaches et les pianos peuvent le dire !
142 pages, BoD, novembre 2015.

- *L'Ombre descendit sur le jardin.*

Sonia a quinze ans, l'âge où l'on se découvre, mais aussi où l'on se sent responsable et où l'on se culpabilise de ne pouvoir changer le monde. Au moment où des sentiments s'éveillent en elle, elle voit sa sœur aînée, qui a toujours été pour elle un soutien, un modèle, sombrer dans une déchéance dont elle ne comprend pas tout de suite la cause. Seule, Sonia est seule à pouvoir affronter la réalité, ne sachant à qui ou à quoi attribuer la responsabilité de ce malheur.
132 pages, BoD, juin 2016.

- *Les Eaux Profanées.*

L'histoire commence dans les temps reculés où régnaient les génies de la terre et des eaux. Le géant Eochaid a indiqué aux compagnons du roi Habis un emplacement pour bâtir leur ville. En échange, ils devront respecter la fontaine sacrée.

De nos jours, à Angers, un homme disparaît, on découvre une source souterraine … Étienne en cherche la raison, mais s'agit-il d'une banale nappe d'eau, ou de la source sacrée qui lui vaudra la vengeance du géant réveillé du fond des âges ? A-t-il rêvé, ou les légendes continuent-elles à vivre parmi nous ?
108 pages, BoD, juillet 2016.

- *La Vengeance de Shiva.*
Herbert est un riche Anglais dont la seule passion est la collection d'objets religieux, et qui ne recule devant rien pour assouvir cette envie d'ajouter des pièces rares à la collection de son manoir. Tous les moyens lui sont bons, et, lorsqu'il croise Swami, un pauvre Indien, il s'empresse de le corrompre afin de le décider à dérober pour lui un vase consacré à Shiva. Shiva, l'un des plus grands dieux du panthéon hindouiste, est un dieu bienveillant, mais aussi destructeur et dont la vengeance contre celui qui le nargue sera terrible. Herbert considère toute croyance comme une superstition d'un autre âge, ne croit qu'au pouvoir de l'argent et persiste dans ses agissements malhonnêtes, se croyant au-dessus des lois, autant terrestres que divines. Les événements se précipitent …
156 pages, Create Space I.P.P./Amazon, août 2015.

- *L'Île au Nord du Monde.*
Nous embarquons en mars 1956, dans un petit village de la côte bretonne, dont les habitants gardent encore en mémoire les bouleversements du récent conflit mondial. Des bateaux de pêche disparaissent avec leurs équipages, et ces événements correspondent à d'autres, survenus en 1881, onze ans également après la fin d'un autre conflit armé. Quel rapport y a-t-il entre ces faits de guerre et les disparitions présentes qui font croire à l'intervention de forces surnaturelles ? Cet ouvrage est à la fois récit d'aventures, roman policier et dystopie. L'homme ne pourra jamais tout connaitre des forces de la nature, l'océan conservera toujours une part de ses secrets...
248 pages, BoD, mars 2020.

- *Piano et Balalaïka.*
David est professeur de piano. Il a la vie de tout le monde, les soucis de tout un chacun, avec un petit plus : la musique. Un jour, il rencontre un Prince qui lui fait entrevoir une autre dimension de son art, de sa vie et même de lui-même. Il fait connaissance de toute une galerie de personnages qui vivent et pensent autrement, gardant soigneusement au-dehors les contingences sociales et les bouleversements politiques, ou alors les traitant avec humour. Au centre de ce cénacle, il y a le Prince russe, étalant sa foi, sa richesse, son amour pour l'art et distribuant son amitié comme ses chèques à qui montre qu'il a quelque chose en lui … Mais peut-on jouer du Liszt, a-t-on le droit de montrer sa foi en l'art entre deux courriers administratifs et au milieu de circonstances dramatiques ? Et l'amitié peut-elle rester intacte malgré tout …
320 pages, BoD, octobre 2020

- *La Mort dans les Cromlechs.*
Le Superintendent Quint-William Rockwell, de Scotland Yard, espérait bien passer quelques semaines de vacances dans sa maison du Wiltshire, tout près des alignements d'Avebury. Mais on découvre un cadavre… puis un meurtre est commis… Et tout tourne autour d'une jeune cavalière dont il semble qu'elle n'ait laissé personne indifférent. La police locale, désarmée, finit par solliciter l'aide de l'homme de Scotland Yard qui, prenant conseil de son vieil ami, l'ancien magistrat Seamus Casey-Wynford, s'emploie à reconstituer les faits, mais aussi les ressorts psychologiques qui ont pu amener quelqu'un à devenir une sorte d'ange exterminateur. Fin musicien, le superintendent Rockwell démonte, examine les actes et les caractères comme s'il analysait une fugue de Bach, mais tout en conservant la sensibilité d'une œuvre de Chopin…
240 pages, BoD, août 2016.

- *Le Mort de la Fontaine Romaine.*
Le Superintendent Quint-William Rockwell comptait bien passer un séjour agréable à Rome avec son amie Alicia, violoniste. Rendant visite à son homologue italien le Commissario Capo Guido Panella, il se retrouve invité à collaborer à une enquête lorsqu'un cadavre fait son apparition… puis un autre… Il a aussitôt l'impression que les événements et les personnages rencontrés sortent à la fois d'une comédie de Goldoni et d'une pièce de Shakespeare : d'un scientifique surdoué suisse, austère, à un Italien exubérant et touche-à-tout, de la parfaite secrétaire anglaise à un couple de commerçants chinois, sans oublier deux jeunes Anglais champions aux jeux vidéo. Le policier, fin musicien, démonte les ressorts de l'affaire comme s'il analysait une fugue de Bach, mais en décrit les aspects psychologiques avec la passion d'un opéra de Verdi…
408 pages, BoD, janvier 2020.

- *Je joue du violon et je déteste les gares.*
Marie-Agnès est une jeune violoniste, premier prix du conservatoire, qui entame une carrière de musicienne d'orchestre. Elle est une femme, elle a ses sentiments, ses inclinations, ses coups de cœur, et la vie d'artiste n'est pas de tout repos ! Elle doit composer entre sa vocation, ses amours, et l'aspect matériel de la vie, il faut bien la gagner ! Elle est confrontée à la médiocrité, à la petitesse, à la souffrance des autres, à la méchanceté, mais elle cherche à traiter ces événements avec humour.
Nous sommes en 1974, la pilule est autorisée depuis peu, et Madame Simone Veil présente la loi sur l'Interruption Volontaire de Grossesse. Marie-Agnès, qui ne s'intéressait pas à la politique, comprend qu'elle fait partie de la génération clé, qu'elle vit une époque qui décide de l'avenir des femmes. Mais elle cherche aussi « sa moitié d'orange », un autre, un double, qui acceptera qu'elle le partage avec son violon…
274 pages, BoD, avril 2018.

- *Le Diable joue en Do Majeur.*
Un piano, c'est sympathique, il chante joliment, il décore, il est un compagnon… mais saviez-vous qu'il peut devenir une arme redoutable ? Notre héroïne, professeur de piano, en fait l'expérience, découvrant les

pouvoirs des forces souterraines, et en même temps sa vie sentimentale évolue, à la suite d'une rencontre avec un musicien concerné par ces phénomènes. Mais, en réalité, qui est le maître de "la note noire", celle qui agresse les esprits négatifs ? Et quels sont les rôles joués par notre pianiste, et par Chester, son chat ? Puisque les chats savent tout... Une plongée dans la vie musicale ordinaire, et aussi dans le monde de la magie et des forces telluriques, sur fond de romance... N'est-ce pas ainsi que l'on définit la musique ?
288 pages, BoD, juin 2021.

- *Les Sept Dormants.*
Dans une époque reculée, le prieur d'un monastère a la révélation qu'une volonté divine doit s'accomplir, les sept moines de cette communauté ont été choisis pour un destin sacré. Le souvenir de leur expérience perdurera au travers des légendes et des chansons, traversant les siècles et les continents.
30 pages, Create Space I.P.P./Amazon, Juin 2021.

- *L'éveil à la Nuit.*
Nous sommes en 1956, dans un village au milieu de la lande bretonne. Séverine, treize ans, relate dans son journal l'étrange expérience qu'elle subit. Elle fait partie de ce paysage, de ce milieu, elle est un instrument au service de cette nature millénaire qui possède les humains et les soumet à sa loi, les enchaînant dans l'irrationnel, recréant constamment ses traditions.
41 pages, Create Space I.P.P./Amazon, Juin 2021.

- *Être une autre.*
Malika, professeur d'histoire dans un collège, galère pour rentrer chez elle un jour de grève et de manifestations. Sa rencontre avec Sandra, qui la soigne pour un petit malaise, lui fait vivre une aventure étrange. Bientôt, l'inquiétude s'ajoute à la curiosité. Qui est cette femme qui semble la harceler ?
80 pages, Create Space I.P.P./Amazon, Juin 2021.

- *L'Étang à la Pierre Couverte.*
Être attaché à ses racines, son nom, son domaine, suppose-t-il de subir les conséquences des événements passés ? Les héritiers restent-ils sous la coupe du grand druide, habitant du "Sidh", le monde parallèle qui vit sous les tumulus de pierre du monde celtique... Julien de Lière, propriétaire du domaine de Kerlanneg, sa cousine Fabienne, ainsi que les autres membres de la famille, sont enchaînés à ce monde de l'au-delà qui ne les oubliera jamais. Les humains, policiers, médecins, juges, tentent de résoudre le mystère des morts du dolmen, mais il restera toujours une part d'inconnu dont on ne parle qu'à voix basse...
240 pages, BoD, Septembre 2021.

Retrouvez les ouvrages de Micheline Cumant sur www.bod.fr et sur www.babelio.com, ainsi que sa page d'auteur sur Amazon.fr.
Romans, compositions musicales et arrangements sont décrits sur utmineur.jimdofree.com.

Tous nos livres sont disponibles sur les principales plateformes du Net, ainsi que chez l'éditeur et chez votre libraire. Les éditions Books On Demand sont distribuées par SODIS.